THE ULTIMATE
PUZZLE BOOK
FOR TEENS

VOLUME 2

MELANIE FOXHILL

Do you like this book? Please leave a review on Amazon!
This helps us a lot :)

Let's go

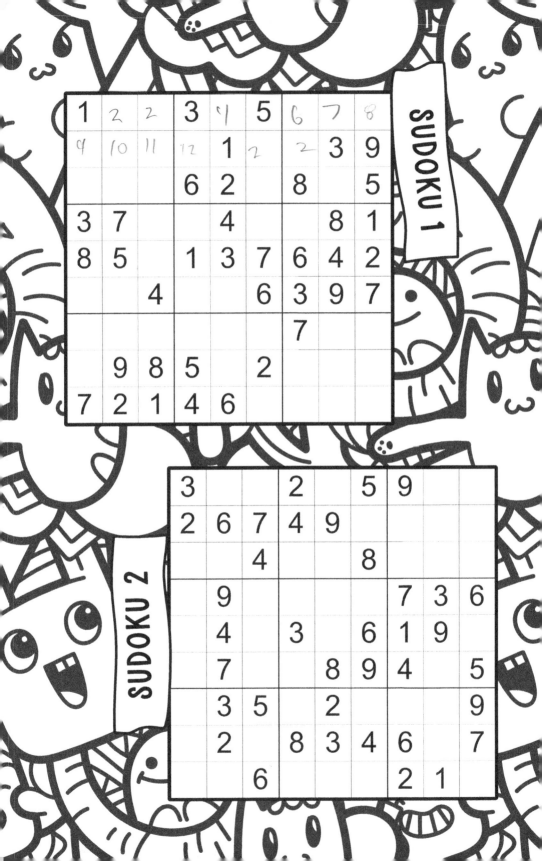

SUDOKU 1

1	2	2	3	4	5	6	7	8
9	10	11	12	1	2	2	3	9
			6	2		8		5
3	7			4			8	1
8	5		1	3	7	6	4	2
		4			6	3	9	7
						7		
	9	8	5		2			
7	2	1	4	6				

SUDOKU 2

3			2			5	9	
2	6	7	4	9				
		4			8			
	9					7	3	6
	4		3		6	1	9	
	7			8	9	4		5
	3	5		2				9
	2		8	3	4	6		7
		6				2	1	

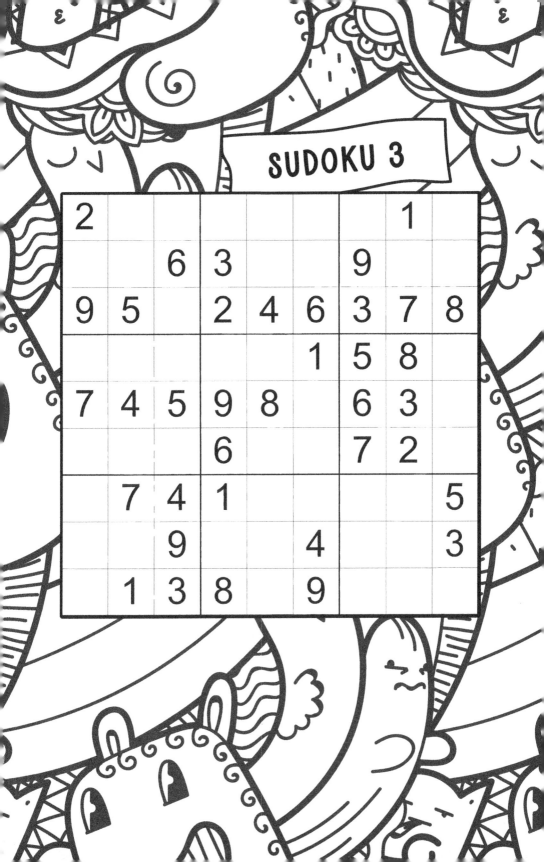

SUDOKU 3

2								1
		6	3			9		
9	5		2	4	6	3	7	8
					1	5	8	
7	4	5	9	8		6	3	
			6			7	2	
	7	4	1					5
		9			4			3
	1	3	8		9			

WORD SEARCH #1

```
E E L E C E U E E E R M X T L N C E T C
C S G E C N E S Y L G X E C L I P S E I
E T A U L A M C I T C P S T A W T Y T T
H O U L L A R T N R N W E L E L I E A I
S S S E N S S E L T H G I E W O S X N R
A E E T A T U A N O R T S A L I R A E T
L O N L E E G I R A G E R A T I I I E T
E A C E X N T S H Y G R L X I W L R T Y
A N L E T L A T P L R I T A X A L T E E
S C A L R A E L T O R U E W E W T C O C
T E L T A L E R P X N S C P E T T X N R
E S N G A S E A O O E X R R T L T E E
A S G E A C I I O E X E W S E M E I C E
R N H C L T P O E R E E I E A M E E P T
E G A L A X Y C L T A G S R E E T I C X
T I A E C R S R X R O I Y U C G U G T N
Y A C E T L S S L I L A I T S E L E C P
E T M T I Y I I N T E R G A L A C T I C
O L M E C T E L E R R C E S L C O Y E C
L L C I O I L T O R A A R N O E I R G L
```

Find these words

ASTRONAUT   METEORITE   WEIGHTLESSNESS

CELESTIAL   MERCURY   GALAXY   EXOPLANET

EXTRAGALACTIC   ECLIPSE   INTERGALACTIC

MAZE #1

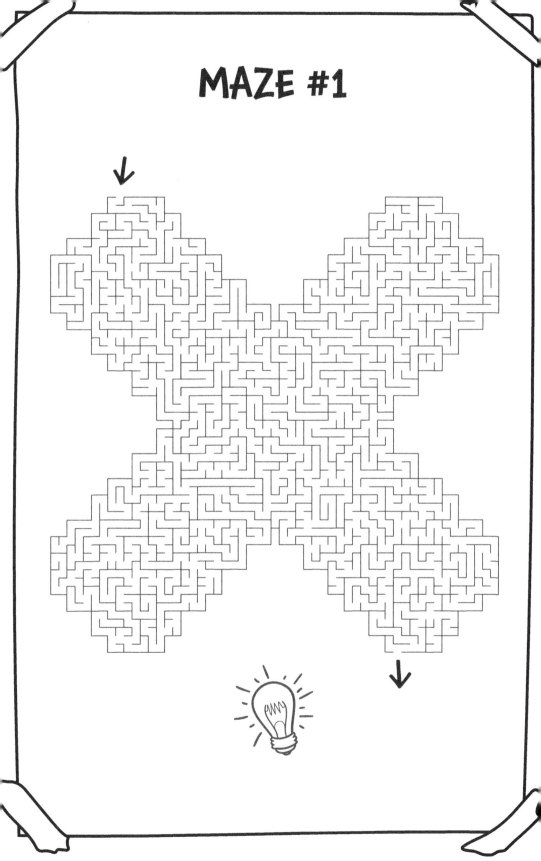

FANTASY CROSSWORD #1

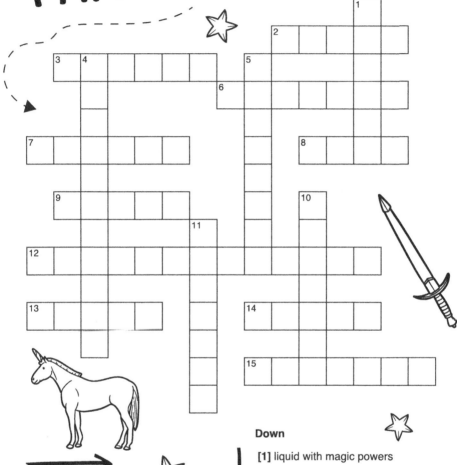

Across

[2] evil spirit

[3] vampires hate this

[6] sea creature with a human head

[7] has large wings and a fiery breath

[8] magical tool for wizards and witches

[9] small magical creature with wings

[12] the ability to change into an animal

[13] a spell that brings bad luck

[14] large creature that turns into stone when exposed to the sun

[15] ruled by a king or queen

Down

[1] liquid with magic powers

[4] popular word used in spells

[5] transforms during a full moon

[10] horse with a single horn

[11] this bird burns and is reborn again

HOW TO SOLVE A LOGIC PUZZLE

Enter an "x" for true statements. Enter "o" for wrong statements. Work your way through the sentences.

Each property is unique. Example: If Norman likes indie music, you can put an "o" for all other music styles in his column. This way, you can find out which person has which attributes.

If you have never solved a logic puzzle before, you may check Youtube for information on how to solve it. It is easier to understand if you can watch someone else doing it. Search for "how to solve a logic puzzle".

	Turbo	Coco	Biscuit	Dexter	dog	cat	tortoise	bird	chilling	playing	going for walks	audiobooks
Mary	O	O	O	X	O				O			
Tyler				O								
Olivia				O								
Nathan				O								
chilling				O	O							
playing												
going for walks												
audiobooks												
dog				O								
cat												
tortoise												
bird												

Example for the first sentence of Logic puzzle #1

Tip: Read the sentences again after you have worked through all the sentences once and placed your marks. You will find more hints for the solution

LOGIC PUZZLE #1

Who owns which pet? What are the names of the pets, and what are they doing?

1. Mary's pet Dexter is not a dog and they are not chilling together.
2. Tyler has a bird, but they are not going for walks together.
3. Turbo is a tortoise and Biscuit loves listening to Audiobooks.
4. Olivia does not own a dog, and Dexter is not chilling with its owner.
5. The dog and its owner love something more than going for walks.
6. Tyler does not own Coco and Nathan does not listen to audiobooks with his pet.

	Turbo	Coco	Biscuit	Dexter	dog	cat	tortoise	bird	chilling	playing	going for walks	audiobooks
Mary												
Tyler												
Olivia												
Nathan												
chilling												
playing												
going for walks												
audiobooks												
dog												
cat												
tortoise												
bird												

	pet's name	what animal?	what are they doing?
Mary			
Tyler			
Olivia			
Nathan			

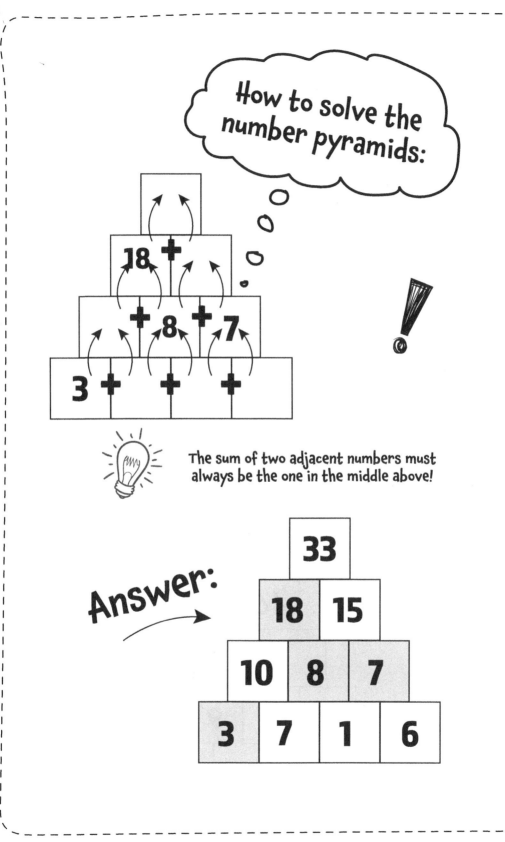

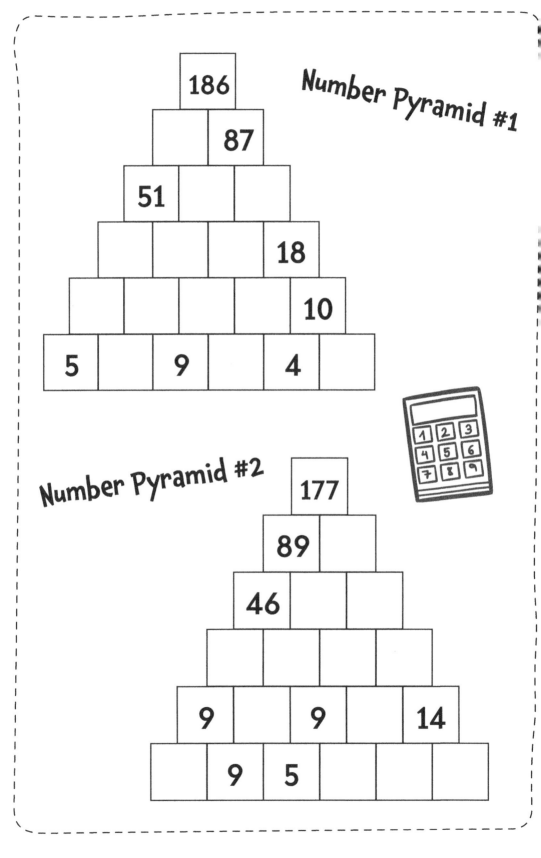

Number Pyramid #1

186

87

51

18

10

5   9   4

Number Pyramid #2

177

89

46

9   9   14

9   5

WORD SCRAMBLE #1
COUNTRIES

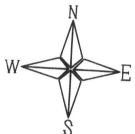

STBWNAOA

LHNAATDI

TAARQ

CAOMIOBD

YOARWN

YMLSIAAA

CAEUDOR

ADACAN

ORAGTPLU

Short break in between: on these puzzle-free pages, you can color everything as you like!

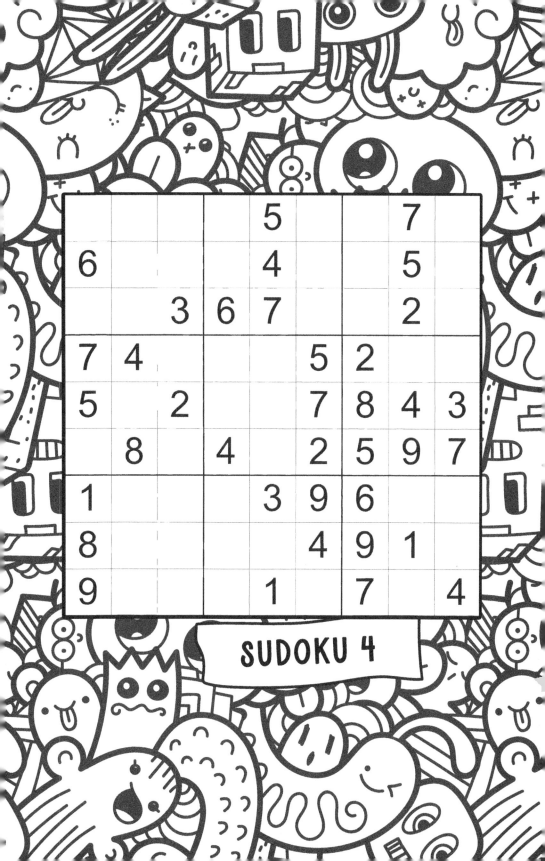

SUDOKU 4

SUDOKU 5

WORD SEARCH #2

```
      U I O C E E A E H
    C P S L E G E T S I H R I
    I C C E E I H K U K S O P S I
  T F E V C S S R D I S M O T M F S
  M G L A A T H I N T F U N F N R C L
T F A N H C D E G D I T S S A P M O C O
E C O S C A C V C C D G H F L T S D I S
H S E A H S M L K E O F R W N N P A T S S A
C K C N A S P D T O N I N S E C T S M T E I
M P N O A T F D R M R T D T T N N F E P I S
L O H H T L I S F U G S U E K W I L T E L D
F S D R H M R S C E H I M R E O N A N M E S
L R E N E D M T T S F L E R C P E D
          I E O A F L R A
          F A C I H A I I
          H E I N W S N E
          E W V I I H D I
          I E E C L L L E
          D H M C D I D P A
          L R O N E L G N C N
          O N S T I I H I I A
          T T E T E F T T T
          F S N T E N O S
```

Find these words

CAMPFIRE

ADVENTURE

INSECTS

CANOE

OUTDOORS

HIKING

WILDLIFE

COMPASS

TENT

FLASHLIGHT

MAZE #2

LOGIC PUZZLE #2

Who finds which piece in the thrift store? What color is it and how much does it cost?

1. Ethan finds some cool pants that don't cost $2.50.
2. Chloe's thrifting find is purple-colored.
3. The one who buys the T-shirt is happy about its grey color.
4. Logan spends $3 in the thrift store, and the one who buys the skirt spends $5 for it.
5. The orange clothing item costs $4, and Leah's thrifting find is not greenish.
6. Chloe does not spend 2.50$.

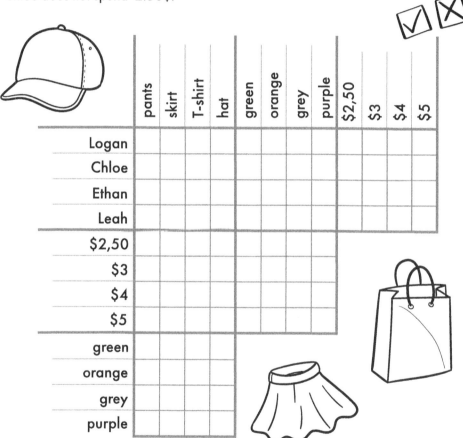

	pants	skirt	T-shirt	hat	green	orange	grey	purple	$2,50	$3	$4	$5
Logan												
Chloe												
Ethan												
Leah												
$2,50												
$3												
$4												
$5												
green												
orange												
grey												
purple												

	clothing item	color	costs
Logan			
Chloe			
Ethan			
Leah			

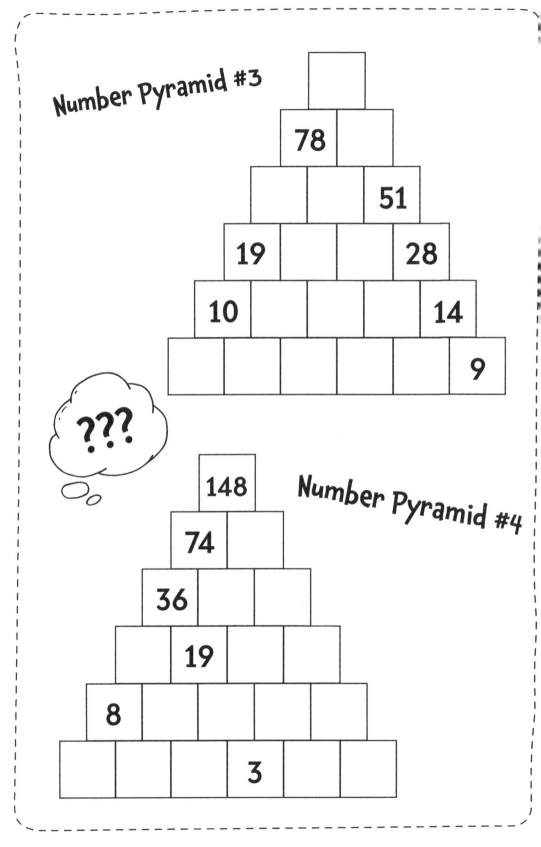

WORD SCRAMBLE #2
Foods

OOAADVC

UIRBTOR

URCEUBCM

DEENMOAL

MWNEEOTLAR

SOONDEL

ERCFNH RFEIS

ATKSE

OUR PLANET CROSSWORD #2

Across ➡️

[5] untamed nature

[8] all people on earth

[9] remains of plants or animals that lived a long time ago

[12] system of living organisms

[13] weather conditions over a long period

[14] very small organisms, they also live inside you

Down

[1] layer of gas surrounding the earth

[2] island connected to the mainland

[3] sudden shaking of the earth's crust

[4] a very large wave caused by an earthquake or volcano

[6] long period of dry weather

[7] machine that flies around earth

[10] season where everything comes to live again

[11] probably killed the dinosaurs

SUDOKU 6

SUDOKU 7

5		8	4	1			6	
3			6	8	9			5
	6		7		5			
		2				1		8
6					8	3		
4			9	5			2	
8	7	6		3	2	5	4	9
1			8	9			3	
			5		4			

WORD SEARCH #3

```
              L N D
          O E O B C F A F S
        F A S E A B O U S P T R H
        F B S G D E N T M A H B M L B D B
      E R P U D B H S B A R J B S B M A R O
    L E L D R H S L R P U R D E S R O L I A L
    A U L A F L O E E A G L G E A A E B L B F
    D R L W S B L L R T N O R F N A E C O L A W U
    A N R C B O L T W I T O D R B S S I E R G L L
  L E G N J E A C D B D S O E L L N H A S B T A Y E
  A O E W E E R P L R D O C T L S O N D S G B S B L
  R S E L T R D O P L W A F A N S R L B R O M L S J
A O O W B T O F P E T A F H A F B O R W E E L R O L S
L E C W E I S S S F E A B E L L E D I H O I N L A A S
T T L I H B A A I L P T P H A A A D P I L S L O F R T
F D B D N S R C S R O C R C A L S I E A J U N N S
L L A P P D E L D D S L A E A B E N S A C C U S O
J E E E R N A E B N P A D D L E B O A T L L L B A
M M L U L R D L B A U D C C S B T T C R E E U
I B P B O O D A A E S E A G U L L L H E D L A
T I O E L L A T T D E N A O W N B C L B N
L J E L L Y F I S H J B L A I F L M D U D
T N E E D I I L L T S T A D A S E F R
A O O N G Y S R Y Y F R N E R B I
  E L L L O N D I U O N D U
      T A B H A D C E O
          G S C
```

Find these words

BEACHBALL   SANDCASTLE   DRIFTWOOD

POPSICLE   SEAGULL   PADDLEBOAT

UMBRELLA

SURFBOARD   JELLYFISH   OCEANFRONT

MAZE #3

Number Pyramid #5

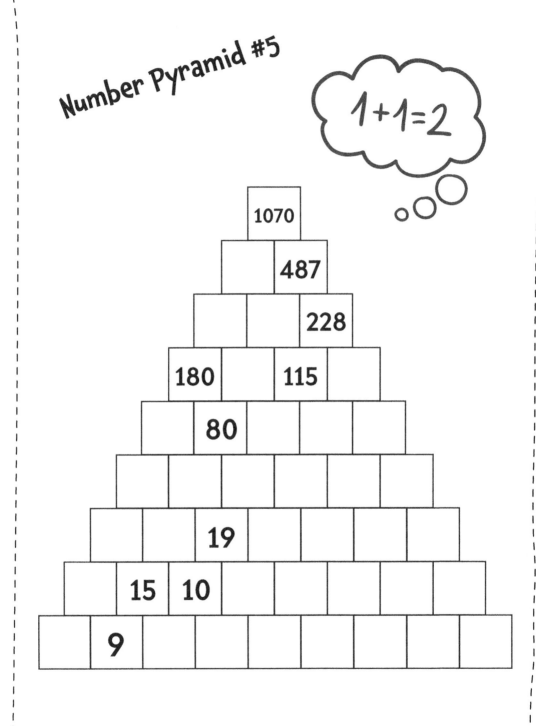

WORD SCRAMBLE #3

EMOTIONS

EELADXR

OERBD

ATRSDCITED

TADERRTII

MPUYGR

SSUGDDIET

UDSMEA

GAULFETR

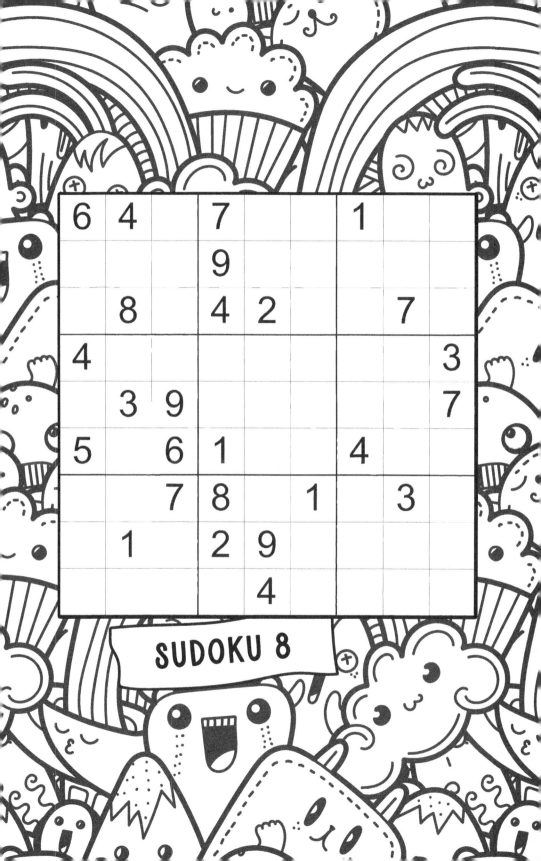

SUDOKU 8

SUDOKU 9

		9				1		
	7	3		4	8			6
8	4	7			2			
4			7		9			
1	3	2			7			
	5			8	3	6	2	
2	7		9	4	6			
9			8			2		
8	4	1	6		5	7	9	

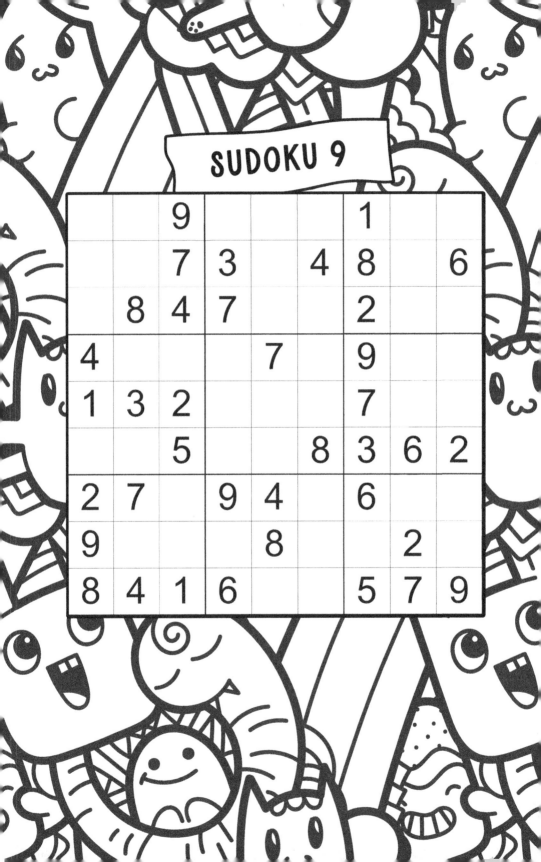

LOGIC PUZZLE #3

1. Ella Flores does not live in Glasgow.
2. Samuel lives in Houston, and the teen with the last name Carter lives in Glasgow.
3. Will's favorite hobby is painting, and the teen from Philadelphia loves playing hockey.
4. The teen named Miller loves to read a lot.
5. Lily's last name is not Miller, and Ella does not live in Manchester. The teen who lives there does not like gaming at all.

	Miller	Flores	Jones	Carter	Manchester	Philadelphia	Glasgow	Houston	gaming	reading	hockey	painting
Samuel												
Lily												
Ella												
Will												
gaming												
reading												
hockey												
painting												
Manchester												
Philadelphia												
Glasgow												
Houston												

???

	last name	city	hobby
Samuel			
Lily			
Ella			
Will			

WORD SEARCH #4

```
            W A A E
        D I A M R E M U S B
        E A S L B W C L L I C R
      H R I O A H L I W A O E L I
    N M S R S L R I I B E R O D K O
    M S A I E R W K F H S R E B M Z
  A P K L W W I S U I C C E E M A O C
  S E I E I B M O Z B Z M B M W I T I
  O S N A K   E W A O I U   E M O H R
  K E W C       I M R S     C E L C
    A A         I E I H     C O F
  H W L   U     H T A R     C R M
  N R K R U A H I H C C K C E A B O
  A A E C C H U P A C A B R A O T B
  M R C Z A N S   F O L C C D
    H C L I R     U H C H I
        B O B O U I I C
        D A N I U C K T L W
        S T L H Z M I W S K
      M R   F D R W B N   B
      I B F R         A U C
      H W R W I A E R W A
        I A B C R D S
          S W K I
```

Find these words

SKINWALKER   CHIMERA   UNICORN

WITCH   BASILISK   MERMAID

WEREWOLF   ZOMBIE   CHUPACABRA

MAZE #4

Number Pyramid #6

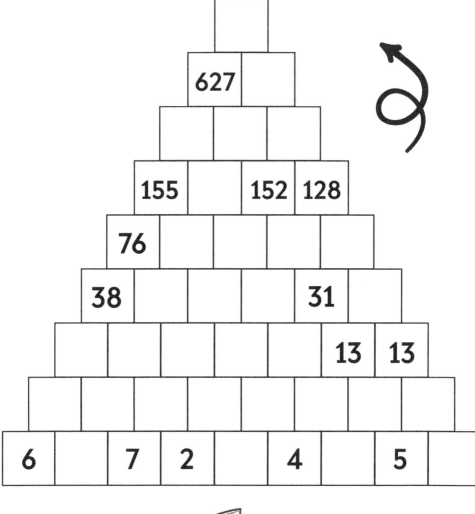

WORD SCRAMBLE #4
VACATION

ODAR RTPI

AAERCM

EMHTE KRPA

FHTGLI

NAPLE TICKTE

PSARPTSO

ONTLANAI KARP

PASSPORT

SUDOKU 10

SUDOKU 11

				8	7			3
		1			4		7	2
	3			1				
			1			7	4	
2					5			9
			8				5	
	8	3				4		
6			2			9		
1		4			9	8		5

WORD SEARCH #5

```
            B A K
        S E O A K I C O G
      E S M L K C T W D W C T N
    T E S S T R A K C O U I M K T O T
  U R B T C I T K P M K O C T M N E D B
  T N E M N G I S S A O A H E U O C O K D T
  A K T A B N E E N C T U D H B S S O B T S
  K B R A P T A C E N K R E A R S A K E I U O M
  A P A T B A O S S N C O N E S C S S E S S C P
C H K T A K R B M C O A E O T O W K E D U K N S U
N C E M S H K T T K I H E G C B A S D R E H B R E
T H A E A S S N E R C T E S L K B B U O S E O R P
R A O I G T D K T U O P S A A H S U A T E O H B A L L
K I P U T C H S S K W A S C M O P S O I O E T S H C T
U O C S C M A H U M E H K W O E E G L N O N S K S S D
A T W C W S A B O M B E O T H H N C N D U A T T S
B C N C D G T O L O E S M T L T T B M E S T M B T
U M T E E E N S A H O S C T O O R A R N D E A D T
C C M C C E R C A P E C R U K T T M I K I A E
M T N L K D S S N K C T R C O B P E T K R O S
R B M T U O S B T C U A N O T A T M H H T
B E C O T M E T C O E G C B O E S T B O A
A K S S A E A M O T N N E N H E A E C
G N B O R C K D N R T T A C I N N
    I I A T M K M A C O T T T
      N B O B A R K N N
          S K R
```

Find these words

ASSIGNMENT

HOMEWORK

MATHEMATICS

THESAURUS

BACKPACK

SCIENCE

NOTEBOOK

STUDENT

BLACKBOARD

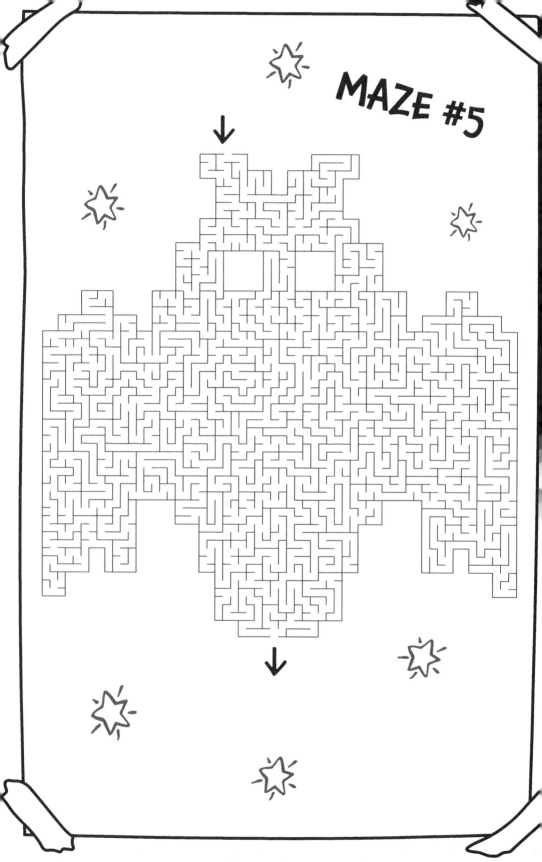

MAZE #5

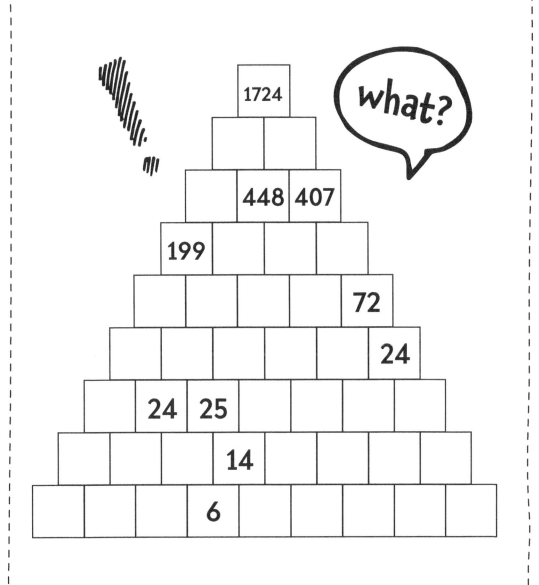

Number Pyramid #7

WORD SCRAMBLE #5

SCHOOL

$1+1=2$

SAMCORLSO

OERPAYGGH

BLOGE

REARES

YLRARIB

LCURBVYAAO

RLUCAAECLT

REEHCTA

MATHS
$+ \quad -$
$\times \quad \div$

SUDOKU 12

SUDOKU 13

				5				
	2			3		9		4
	6	9			2		5	
		6	2	8	1	5	7	
3	7							
		2		9		6		8
6						8		5
	3		5		6	4	1	
2		4	9		8	7	3	6

WORD SEARCH #6

```
            D R A
        C L R O N G U U E
      O A T E C D H E L O S O B L R E E
    R U D E E N T H U S I A S T I C A P H
  C S A A R L A R M E D E E I H S C G D V D
  D H O U E O E R A S C S N D A N O A I R E
E N A A A O     S C R A C     A R O B P E
S S T A R D     E H P L H     H O D R E A
C D S S D H M R R A I T S S A S D A T A E O S U S
U D U E E A P E R H M H R I N M E E P R A D A O E
U M O O U S L U D E E O C I T A S I S E E N B S A
E U A V C E A D M T E D E A D E S C E S I L E D D E L
I P S R M T E R P E E N U D D D E M B A R R A S S E D
E D A E D R D E I R E H A O R L A R S I S I P T N R D
E D N S   S P E C R R R R R R S V I T G   N R M S
B N S S   D N T M U D E P P D A S A     I M U A
R E D T R   V E E E A U A H R E N     E D G A S
L O S A N                           R S T G M
O S T D R S                 O D I D A R
  S E T A N O I S S A P M O C U R I R A A E
  S D A D T P H E A E C M R R C U A A B I U
  S R H M C R P I M L T S T T R M E R E
    M S D P M N E I C A B C O G M R C
    C D E L I G H T E D S R S
      M C R S N U U D N
        T A U
```

Find these words

COMPASSIONATE

CHARMED

PROUD

EMBARRASSED

SURPRISED

ARLARMED

DELIGHTED

ENCHANTED

NERVOUS

ENTHUSIASTIC

SOCIAL MEDIA

CROSSWORD #3

Across

[2] someone with lots of followers
[5] list of updates from the accounts you follow
[7] a system where information is shared
[9] interaction and involvement on social media
[11] alters the appearance of a photo or video
[12] protection from unauthorized access or exposure
[14] sharing brief messages on social media
[15] a group of individuals with similar interests

Down

[1] self-portrait
[3] humiliating someone on the internet
[4] this gives your app new features
[6] real-time broadcasting
[8] used to categorize social media content
[10] news alert
[13] material created for socal media

MAZE #6

be
NICE

LOGIC PUZZLE #4

1. 12-year-old Mia does not use Spotify, nor does she spend 0.45 hours on her phone.
2. Lucas uses TikTok, but he does not spend 1.5 hours a day on this app.
3. The 14-year-old teen loves to play Candy Crush, and the 13-year-old spends 3 hours on her favorite app.
4. Emma's favorite app is not Spotify, and the one who is 15 years old does not spend 0.45 hours on their phone.
5. The teen who loves Spotify does not use it for 1.5 hours.
6. Lucas is not 13 years old, and Aiden does not spend 2 hours on his favorite app

Note: This is only a fictional scenario. It is clearly not healthy to spend so much time (2-3 hours) on your phone :)

	12 years	14 years	13 years	15 years	Candy Crush	YouTube	TikTok	Spotify	2 hours	1.5 hours	0.45 hours	3 hours
Mia												
Lucas												
Emma												
Aiden												
2 hours												
1.5 hours												
0.45 hours												
3 hours												
Candy Crush												
YouTube												
TikTok												
Spotify												

	age	favorite app	hours / day
Mia			
Lucas			
Emma			
Aiden			

Number Pyramid #8

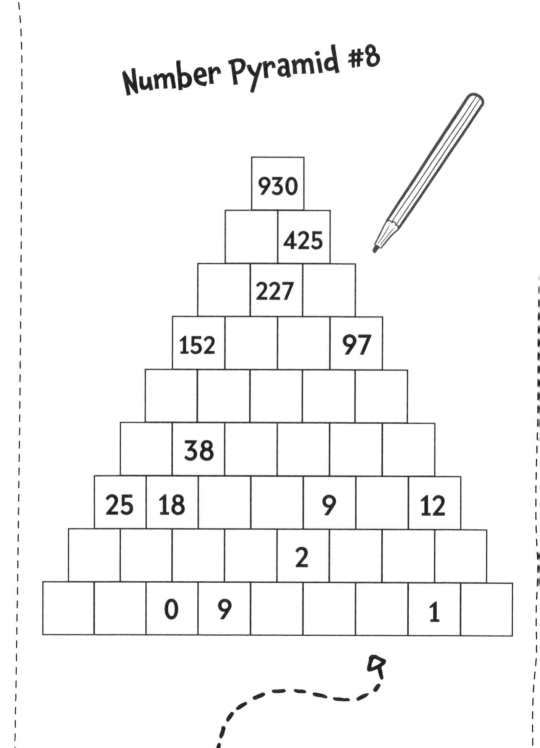

WORD SCRAMBLE #6

MYTHICAL & MAGICAL CREATURES

ETIY

TINTA

NSRIE

GNCAIAIM

EVMRIAP

ENGMO

ODARGN

YLCCOSP

SUDOKU 14

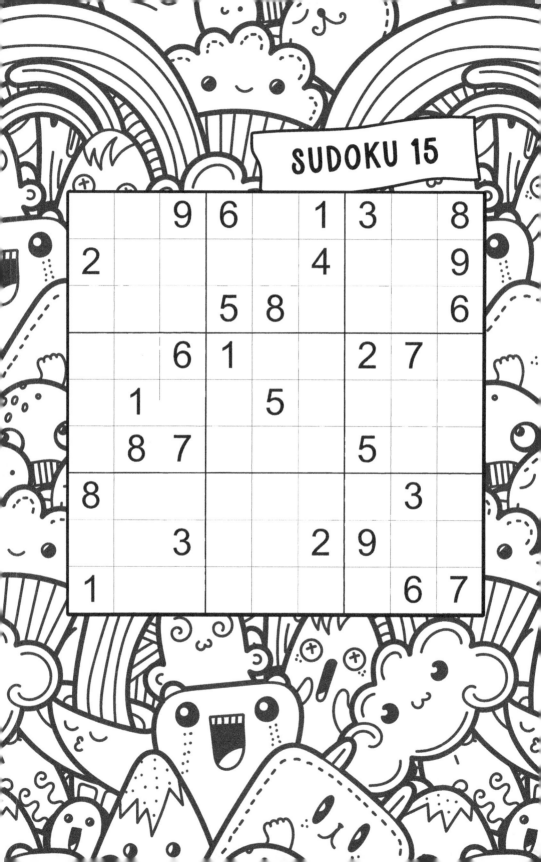

SUDOKU 15

		9	6		1	3		8
2				4				9
		5	8					6
	6	1				2	7	
1			5					
8	7				5			
8							3	
	3			2	9			
1						6	7	

WORD SEARCH #7

```
D E S T I N A T I O N M C E A M O I U I
H S S R S S A T U U Y S D T O S Y M W S
T P W S G N S E U L O T E S U I T E L A
R I T T A M I H I T D A P I L A M I S I
O C O Y A X A N W N N U I O I S X E T I
D T O T R E D T O U R I S T L M W H U I
I U I N A I P I R N N N S T E O I T I M
A R T D U T T N N U X G A P T T R D I T
M E Y T U A T C C E E I I M S S U I P T
U S M T X X I O U W S E D U O U I E U I
I U T A A I R I C N L M L S P C U U W E
L T L I Y I I T O P S P U E T S M S I U
O E A I L T O U C D X I N U L U H A I T
R N I P N O I E T T T D G M C Y L T S I
T L E T S O H T H C D A T S D A T I A S
I D M A H I Y C A I T T N U X W A D T S
S X E O Y S C S U E S I L W E H X R S U
U O H I P O E E D T A O T N S G E T L A
U I I T N I M X A P S N L T U I U U D U
N S H X H S I I S I S T W U E H T I N A
```

Find these words

SUITCASE   CUSTOMS   DESTINATION

HOSTEL   PICTURES

MUSEUM

HIGHWAY   RELAXATION

TOURIST

MAZE #7

Number Pyramid #9

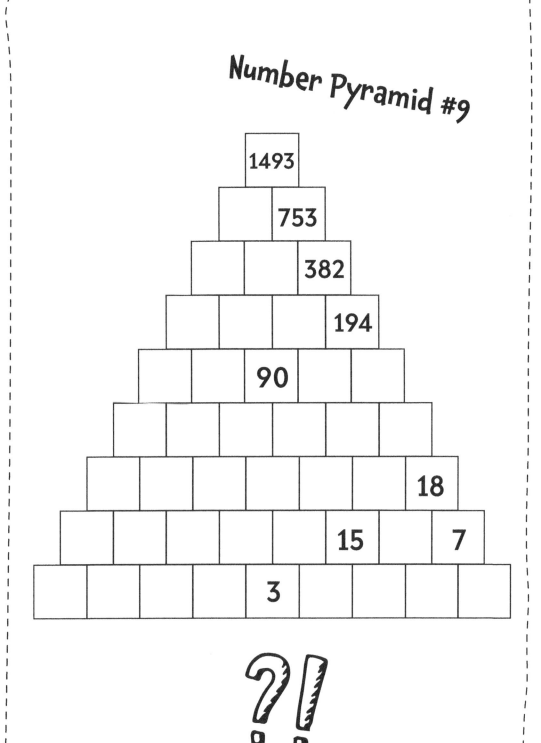

WORD SCRAMBLE #7

THE BEACH

IINIKB

OTCSA

UFAGILERD

ECANO

LALESESH

IVOCTAAN

EACBH OTEWL

TEID LOPO

SUDOKU 16

WORD SEARCH #8

```
                      Y
                 R  CH  H
                 E  U
                 A  P
    W T A U E       G U      N A O M G O T
  G E O L S L A H R A N E C A E I R A U A K
  B S L S K H R T C R E R O T O A A A D N N
  M P N L E A W A E M A N G A H P E F O E L H A
  F T P A A K O U T P U A N Y E P C W R Y E E L
  A A E M E G R R D O L A F F U E E S A H C O R
  B E N H C I C E I R R P R E R P G E P U G S K
  I H Y S E L O E M G L U Y R E P A U A C A D O
  E E A R M L U U E G I O M W A E Y S I O O G M
  E U A A R O E M U T G L A E S R Y A R U A A U
  E B S M P E O G S E O L Y E E O C S G S R K E
  T P E R M P B A U E P R O A S N O H E Y H A
  P C C R G O I K E O O A N A S I N F C E R A
  N A Y E R A M C A R T N E B U O L R S O H
  U C H E E S E C A K E A R T M S Y I P D
  O H O S A P C A L L I T S E E C O R C
  M A H S C N N G M B S C O P H N E E
    P T K P S E S T B E O E P S S T A
    E C K P S         E E E O P
```

Find these words

MARSHMALLOW

BLACKBERRY

MAYONNAISE

CHEESECAKE

DOUGHNUT

PEPPERONI

POTATOES

GRAPEFRUIT

SOYSAUCE

POMEGRANATE

SUDOKU 17

MAZE #8

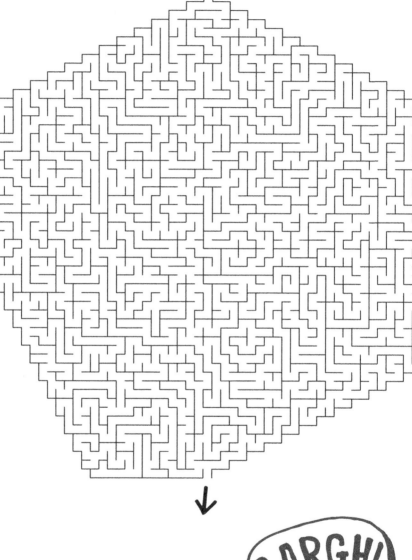

WORD SCRAMBLE #8

FASHION

RYSBSOOCD AGB

NYREDT

LLNNELAF TIRHS

EOMBRB AKJTCE

RCOP OPT

INSKYN ESJAN

ESALALBB IRTSH

HHIG EHSLE

WORD SEARCH #9

```
O H D K              E H O C
A I D F A O          N A O S C A
T A A A C I I M      T B T M T R E M
S O I E I I I G X I    I B A S H A A I G A
T L Y K G A A Y H P A R G O T O H P K A G
G N I D A E L R E E H C T R F A Y A F N G
Y E C E T S F T R T S F S A A F P B O L P
Y A G O N M R P S S A O D E R C A I L T A
G N I D A E R E R N R M L E C S P R L D B
A R H G O M R R G E K B S K B N A I G
I A C G H C A K K L L A E R R G R N F
A S T A X S R M A L T A N B O C I
F A P R M L M C X B B G D R A S I
K E N G I I B A N I E G I H I
E L N O N L T M E L G I S
C T L L G I F T C N E
X A H R O O H G L
A O R N E O C
A L A A I
L M A
F
```

Find these words

RELAXATION   CRAFTS   PHOTOGRAPHY

READING   MACRAME

            GAMING

CHEERLEADING

            FISHING   BASKETBALL

VACATION MODE
CROSSWORD #4

Down

[1] rural area
[3] sleeping in a tent
[4] sucks your blood (not dracula)
[5] swimming under water with equipment
[6] viewing buildings, art, landmarks as a tourist
[10] protects you from the sun's rays
[11] ensures the safety at the beach or pool
[14] collectible reminder of a place visited

Across

[2] low-budget accommodation
[7] frozen treat on a stick
[8] across the sea
[9] cooking with a grill
[12] the place you're travelling to
[13] female flight attendant
[15] something remembered from the past

SUDOKU 18

MAZE #9

CUTE

LOGIC PUZZLE #5

Time for some magic: who belongs to which species, which subject is their favorite, and which grade do the students attend?

1. Daniel's favorite subject is "Spells & Charms".
2. The siren is in 5th grade. This student's favorite subject is not "Astronomy".
3. Zoe is in a lower grade than the student who is a shapeshifter.
4. James loves "Herbalism". "Potions" is the favorite subject of the student who is in 6th grade.
5. Scarlett is a werewolf, and James is in 3rd grade.

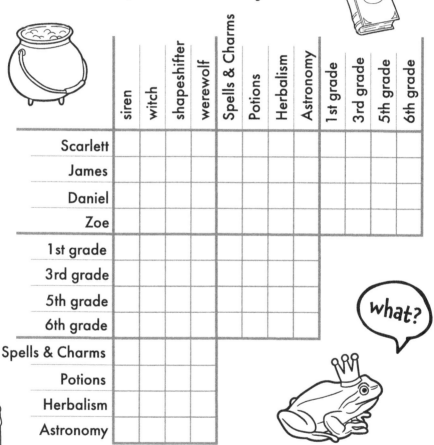

	siren	witch	shapeshifter	werewolf	Spells & Charms	Potions	Herbalism	Astronomy	1st grade	3rd grade	5th grade	6th grade
Scarlett												
James												
Daniel												
Zoe												
1st grade												
3rd grade												
5th grade												
6th grade												
Spells & Charms												
Potions												
Herbalism												
Astronomy												

what?

	species	favorite subject	grade
Scarlett			
James			
Daniel			
Zoe			

WORD SCRAMBLE #9

THE OCEAN

IHTEW KHASR

ASOEFLRO

SOBRTLE

AITLNTAC

SAE EMCCBURU

USTOPCO

RSSTAHFI

ASROCL

WORD SEARCH #10

```
F D E
N N A R N H N N E I
O A T D A U G S N O L N A A F
A L I L L N O N A G S O R E C J Y R L
I N E L N G N G N E E O E D M L A A H
Y I A I A A L W L W E R P D A A E I U
S F S A U R D L I R R E D S A M C G A
P M A S U Y E R O P L M N N A Y Y T Y
N A I G N H S D O N I A E I N E B A P
I L J E C Z H G S J R C B N I A G W R
N N N Y N H N S W I T Z E R L A N D A
I L E I         S H A M A N A P R A A
C S                         R S O A U
A A
R R
A U
G R
U N
A N
E A
E I
N B

N S R O S J O L R E U
O U L E S Y E S N A M G A
R D O H S A A A A S E Y R B H
```

Find these words

SWITZERLAND

FINLAND

CAMEROON

HUNGARY

JORDAN

PANAMA

NICARAGUA

SERBIA

SEYCHELLES

MAZE #10

SUDOKU 19

9				6	1	8	7	
4	1	7	8				9	
	8	3					1	
				8	5	3		
7	3	8						
5	9	6	2	3		1		
		1		2				
		4			8	7	5	
2	5	9	6			4		1

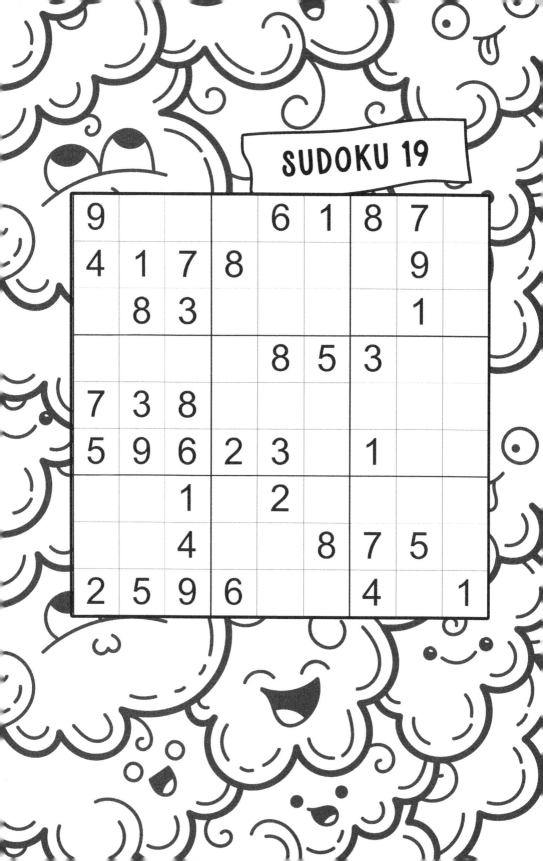

WORD SCRAMBLE #10

FREETIME & HOBBIES

DBORA SGMEA

IDGCANN

BNOWGIL

NAIITPGN

EIAMNC

AYOG

HCEYOK

NLTUEERVO RKOW

WORD SEARCH #11

```
        M
      S   T
      A E   N
    N L G   A K
    S D G   M U
  L W P P   L A I
  T O E R   A W K
M R R S R   M S G K
A T D S H   O N A S
L L U F E A I H N A L
H P E I A H E T S S I
O M U E S W N O M L A S L
N E D D H A I S T W W E S
I G K H H K D I L A M W A S A
O L S E E K N O T K N A L P N
E H S I F R E L G N A W L K A A R
E E A N U H L D E A A L R R T S E
N K H T R E K O H I S E A U O W N W R
R R A H A K F E R W H D L S E O I A N
L R E D I S N A E O E L O N E K A R K A W
S H S K S E L A H W F A R K H N I I H O A
A A S K R K L N A M D F E E T O D N T N S N D
```

Find these words

SWORDFISH

WHALES

SEASHORE

SALMON

PLANKTON

KRAKEN

WALRUS

MANATEE

ANGLERFISH

WORD SEARCH #12

```
            I P N
        G R E C K E L A K
      L B E S E K B D R E G J D
    G S L H T C E L S N E A N O W A N
    G C A J R E K A E R B D N I W T K W S
  S K E R E S U N G L A S S E S B S S E A B
  J S I E N S G K K E T J N L H H O G W I G
  C S E T S G     S R R S A     K G H E J R
  S S W G P C     O P S A S     H R E A S G
E B E N I G S E B E T N P U A S C C S E E A E B E
K A N L A A E I C R B S S G S S T N S R O D S G A
R C S C N P B S N S K C K R P O E E J S J S G A S
G L K K G R A B D R A E B G R S A G L E G G I N G S D
A A P T E D S C A E E A K S N K B B E R A H A H B I E
T R A W N K E A I C B I E A E I D O O H S E E L K E L
W C E A   S B A C K S O R A A A B O R I   A R E O
  I K G O     I S N P C S E O N K R L G     U A S B
A N E G E     C N G A A B A A I N E     G R R B S
C N S G A                         E I E B S
A T N S N J                       S S G R B K
    R A S C G E W G R C G G N E T O L G R S A
    S R K S E N S N D G N E T B E E O E B E E
    S S B E S K I D N N C G J D J K H G E
    C N P W D I R S K A S S I E R H E
      G E A A E I N O N S T L A
        S S N H G W C A D
          S E P
```

Find these words

STREETWEAR

HOODIE

JOGGERS

SNEAKERS

BACKPACK

LEGGINGS

WINDBREAKER

SNAPBACK

SUNGLASSES

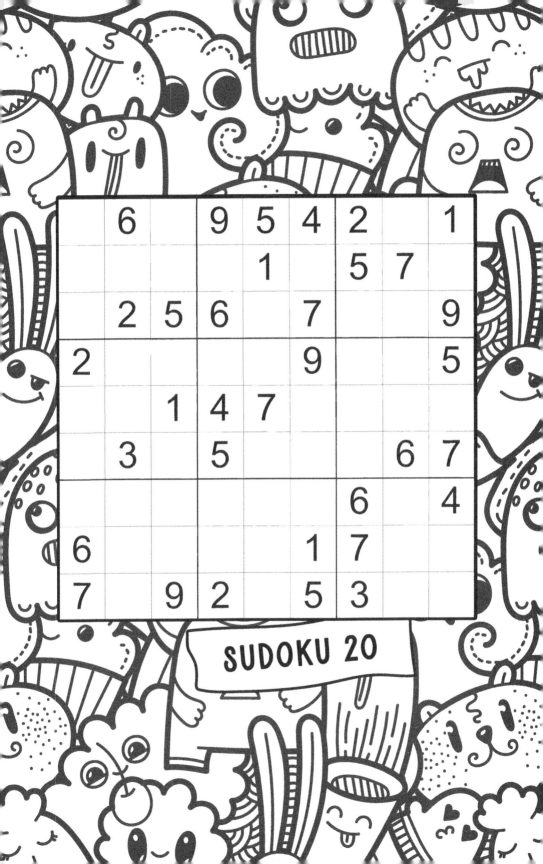

	6		9	5	4	2		1
				1		5	7	
	2	5	6		7			9
2					9			5
		1	4	7				
	3		5				6	7
						6		4
6					1	7		
7		9	2		5	3		

SUDOKU 20

WORD SEARCH #13

```
I A S E I I M U R A V Y E L H A R T E E
G I A S L E C E T T R E E C R A L O I N
A O L E M N T P A I L C I D E E E A R V
T M A D R E Y T O O Y D L L E O R C C N
E T T R L H N S S L M E U E N I U T O E
A E N E R U T N E V D A S H E M Y R N M
C A O E H S O E R U U T C H T I T U T N
R E G U Y C T R M U L T I P L A Y E R M
M C O E L I T E U I E R T O H R R S O L
E M C Y D T E O E E S C T E N H U T L E
P T O N T U A T T R I O G T T N T R L C
R C O O C T T E E R M M E E M N A E E I
C E E N E R Y O C I U G R S U I N A R T
T N H D A I U T M E L R N D M O R M O E
R L G T A R R E C S A E A A T O N I E N
L D A R C E L E L A T M M E H E I N S M
T I R I O O E L T R I A P H R A M G E E
R T E N U O C L V O O G E I H O E D L M
N Y L S E A I T E M N M A H A G T T S G
E T S A O N N L E O R T A A C E S E V M
```

Find these words

CONSOLE   MMO   CHEATS   ADVENTURE

STREAMING   GAMER   CONTROLLER

MULTIPLAYER   HEADSET   SIMULATION

MAZE #11

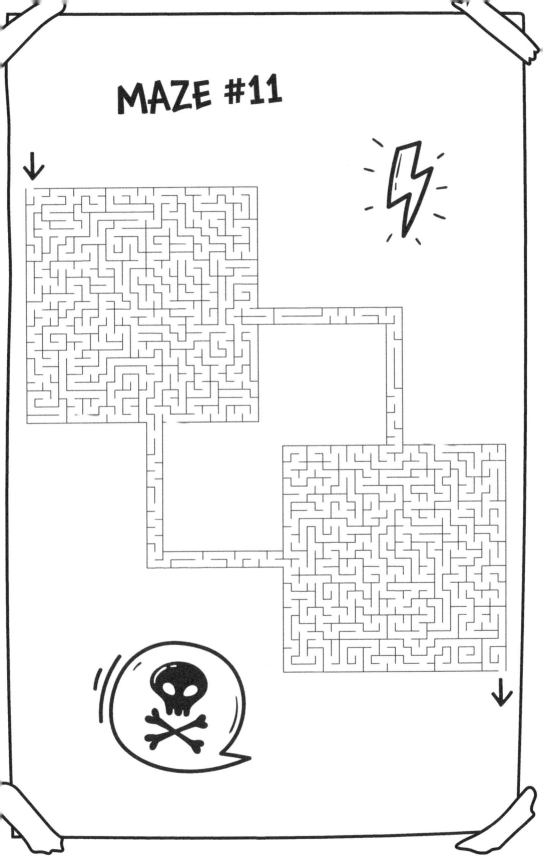

WORD SCRAMBLE #10

CAMPING

CAAPCBKK

AARVNCA

AKHMMCO

CMAP RHCAI

GUB YSRPA

PNSIEEGL AGB

GRPUNDOMAC

TANIMONU

WORD SEARCH #14

```
                H G D
          E C R N I T O A N
        R M P O N A T Y M I T A E
      D S U O I P C N S M R N C L N Y T
      M O S C M R T R I I I R A M U A R K I
    A Y A D A T I D N C N A U N T L C E A E A
    I Y K P R N O S A A E E M I P N C O C S M
  L O R F I C A O S O C A O M N S E E R T E E C
  D A F T E R T O T C Y O O E A M G D M C N I N
R H Y F M A G U R C H A G E D R T E A T U O A A E
E A C O S U N P I R C Y R D U I E O Y T D C S L C
I F Y U U D S A Y R M C S S P D K R G R T A O U U
U H M T A T C O I R K S O F U M E N D N R I P I D A E
N N C Y R D R N A E R E A T S G S N S E R A E S Y I S
S E G A N P E S P U C S Y T R S A R R P C R P S Y C R
S C S S R Y E C L S C R A I I Y A O U E A E H I R
K R R O A S L C A T F Y N O I D U T S A R N R Y A
O E Y E T A T T O I R T C O N R S U H C L H Y U O
G A O T U E N L I A Y O O E C T R R R N I N O
I Y E R R R M O H C T A K C C T O P I A I N S
  O C S E I T H F R S R T S M T R R N O E T
  Y S O N M D R U T R A A I C C K G R C T T
    S G E I C T Y E Y D T E N I O O O T O
    G A R U C O A C T R E S S L D G A
      C U N S S S I P G S N I O
        S S A D S L R A T
          F E M
```

Find these words

DOCUMENTARY

OSCARS

SCREENPLAY

FILMING

STUDIO

DIRECTOR

SOUNDTRACK

ACTRESS

CINEMATOGRAPHY

Solutions

Sudoku #1

1	8	2	3	9	5	4	7	6
6	4	5	7	1	8	2	3	9
9	3	7	6	2	4	8	1	5
3	7	6	2	4	9	5	8	1
8	5	9	1	3	7	6	4	2
2	1	4	8	5	6	3	9	7
5	6	3	9	8	1	7	2	4
4	9	8	5	7	2	1	6	3
7	2	1	4	6	3	9	5	8

Sudoku #2

3	1	8	2	6	5	9	7	4
2	6	7	4	9	3	5	8	1
9	5	4	7	1	8	3	6	2
8	9	1	5	4	2	7	3	6
5	4	2	3	7	6	1	9	8
6	7	3	1	8	9	4	2	5
7	3	5	6	2	1	8	4	9
1	2	9	8	3	4	6	5	7
4	8	6	9	5	7	2	1	3

Sudoku #3

2	3	7	5	9	8	4	1	6
4	8	6	3	1	7	9	5	2
9	5	1	2	4	6	3	7	8
3	6	2	4	7	1	5	8	9
7	4	5	9	8	2	6	3	1
1	9	8	6	3	5	7	2	4
6	7	4	1	2	3	8	9	5
8	2	9	7	5	4	1	6	3
5	1	3	8	6	9	2	4	7

Sudoku #4

2	1	8	9	5	3	4	7	6
6	9	7	2	4	1	3	5	8
4	5	3	6	7	8	1	2	9
7	4	9	3	8	5	2	6	1
5	6	2	1	9	7	8	4	3
3	8	1	4	6	2	5	9	7
1	7	4	5	3	9	6	8	2
8	3	6	7	2	4	9	1	5
9	2	5	8	1	6	7	3	4

Sudoku #5

5	8	3	2	1	9	6	4	7
4	7	6	5	3	8	9	2	1
2	9	1	6	7	4	5	8	3
6	2	9	7	5	3	4	1	8
1	4	5	8	6	2	7	3	9
7	3	8	9	4	1	2	5	6
9	5	2	1	8	7	3	6	4
8	6	4	3	9	5	1	7	2
3	1	7	4	2	6	8	9	5

Sudoku #6

2	6	5	1	9	3	7	4	8
3	8	9	7	5	4	6	2	1
7	1	4	8	6	2	5	3	9
1	9	2	5	4	6	8	7	3
5	4	7	3	8	9	1	6	2
8	3	6	2	7	1	4	9	5
6	5	8	9	3	7	2	1	4
4	2	3	6	1	8	9	5	7
9	7	1	4	2	5	3	8	6

Sudoku #7

5	2	8	4	1	3	9	6	7
3	4	7	6	8	9	2	1	5
9	6	1	7	2	5	4	8	3
7	9	2	3	4	6	1	5	8
6	1	5	2	7	8	3	9	4
4	8	3	9	5	1	7	2	6
8	7	6	1	3	2	5	4	9
1	5	4	8	9	7	6	3	2
2	3	9	5	6	4	8	7	1

Sudoku #8

6	4	3	7	5	8	1	9	2
7	5	2	9	1	3	8	4	6
9	8	1	4	2	6	3	7	5
4	2	8	5	7	9	6	1	3
1	3	9	6	8	4	2	5	7
5	7	6	1	3	2	4	8	9
2	9	7	8	6	1	5	3	4
3	1	4	2	9	5	7	6	8
8	6	5	3	4	7	9	2	1

Sudoku #9

3	2	9	8	5	6	1	4	7
5	1	7	3	2	4	8	9	6
6	8	4	7	9	1	2	3	5
4	6	8	2	7	3	9	5	1
1	3	2	5	6	9	7	8	4
7	9	5	4	1	8	3	6	2
2	7	3	9	4	5	6	1	8
9	5	6	1	8	7	4	2	3
8	4	1	6	3	2	5	7	9

Sudoku #10

9	1	6	7	3	4	5	8	2
5	8	7	2	6	1	4	9	3
4	2	3	9	5	8	6	7	1
1	7	5	8	4	2	9	3	6
8	9	4	3	7	6	1	2	5
6	3	2	1	9	5	7	4	8
7	5	9	6	8	3	2	1	4
3	4	1	5	2	7	8	6	9
2	6	8	4	1	9	3	5	7

Sudoku #11

5	4	2	6	8	7	1	9	3
8	9	1	3	5	4	6	7	2
7	3	6	9	1	2	5	8	4
3	5	9	1	2	6	7	4	8
2	6	8	4	7	5	3	1	9
4	1	7	8	9	3	2	5	6
9	8	3	5	6	1	4	2	7
6	7	5	2	4	8	9	3	1
1	2	4	7	3	9	8	6	5

Sudoku #12

1	7	9	3	8	4	5	6	2
5	4	2	9	7	6	8	1	3
6	3	8	1	2	5	9	7	4
2	5	1	6	3	7	4	9	8
4	9	6	2	5	8	1	3	7
3	8	7	4	9	1	2	5	6
7	2	3	5	4	9	6	8	1
9	6	4	8	1	3	7	2	5
8	1	5	7	6	2	3	4	9

Sudoku #13

4	8	3	1	5	9	2	6	7
1	2	5	6	3	7	9	8	4
7	6	9	8	4	2	3	5	1
9	4	6	2	8	1	5	7	3
3	7	8	4	6	5	1	9	2
5	1	2	7	9	3	6	4	8
6	9	1	3	7	4	8	2	5
8	3	7	5	2	6	4	1	9
2	5	4	9	1	8	7	3	6

Sudoku #14

4	9	6	8	3	5	7	2	1
3	5	8	1	2	7	6	4	9
1	7	2	4	6	9	8	3	5
2	4	9	5	8	1	3	6	7
6	8	5	7	9	3	2	1	4
7	3	1	6	4	2	9	5	8
5	6	4	3	7	8	1	9	2
8	2	3	9	1	4	5	7	6
9	1	7	2	5	6	4	8	3

Sudoku #15

7	5	9	6	2	1	3	4	8
2	6	8	3	7	4	1	5	9
3	4	1	5	8	9	7	2	6
5	3	6	1	9	8	2	7	4
9	1	2	4	5	7	6	8	3
4	8	7	2	6	3	5	9	1
8	9	5	7	1	6	4	3	2
6	7	3	8	4	2	9	1	5
1	2	4	9	3	5	8	6	7

Sudoku #16

3	7	6	9	1	2	5	4	8
8	2	9	6	5	4	1	7	3
1	5	4	3	7	8	6	2	9
2	9	3	4	6	7	8	5	1
5	6	7	8	2	1	3	9	4
4	1	8	5	3	9	2	6	7
6	4	2	7	8	3	9	1	5
7	8	1	2	9	5	4	3	6
9	3	5	1	4	6	7	8	2

Sudoku #17

1	2	4	3	5	7	6	8	9
7	5	3	9	6	8	2	4	1
8	6	9	4	1	2	7	3	5
6	4	5	7	3	9	8	1	2
9	3	1	8	2	5	4	7	6
2	7	8	6	4	1	9	5	3
4	9	2	1	7	3	5	6	8
3	8	6	5	9	4	1	2	7
5	1	7	2	8	6	3	9	4

Sudoku #18

4	1	6	3	7	8	9	2	5
8	5	3	2	9	1	4	6	7
2	7	9	5	4	6	8	1	3
1	3	4	9	2	5	7	8	6
7	9	8	6	1	3	5	4	2
5	6	2	4	8	7	1	3	9
3	8	5	1	6	9	2	7	4
6	2	7	8	5	4	3	9	1
9	4	1	7	3	2	6	5	8

Sudoku #19

9	2	5	3	6	1	8	7	4
4	1	7	8	5	2	6	9	3
6	8	3	7	4	9	2	1	5
1	4	2	9	8	5	3	6	7
7	3	8	4	1	6	5	2	9
5	9	6	2	3	7	1	4	8
8	7	1	5	2	4	9	3	6
3	6	4	1	9	8	7	5	2
2	5	9	6	7	3	4	8	1

Sudoku #20

3	6	7	9	5	4	2	8	1
4	9	8	3	1	2	5	7	6
1	2	5	6	8	7	4	3	9
2	7	6	1	3	9	8	4	5
5	8	1	4	7	6	9	2	3
9	3	4	5	2	8	1	6	7
8	1	2	7	9	3	6	5	4
6	5	3	8	4	1	7	9	2
7	4	9	2	6	5	3	1	8

Crossword #1

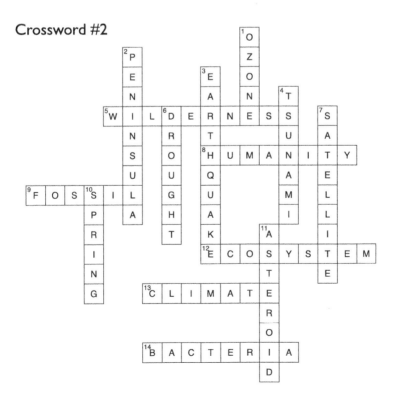

Crossword #2

Crossword #3

Across:

2. INFLUENCER
5. NEWSFEED
7. NETWORK
9. ENGAGEMENT
11. FILTER
12. PRIVACY
14. MICROBLOGGING
15. COMMUNITY

Down:

1. SELFIE
2. INFLUENCER / CYBERBULLYING
3. CYBERBULLYING
4. UPDATE
6. STREAMING
8. HASHTAG
10. NOTIFICATIONS
13. CONTENT

Crossword #4

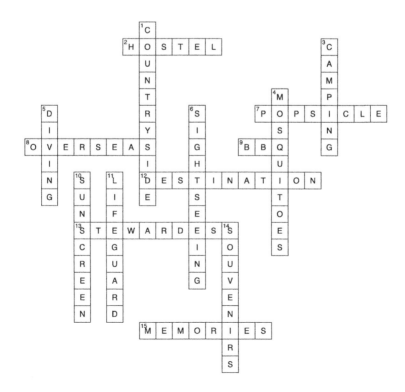

Across:

2. HOSTEL
7. POPSICLE
8. OVERSEAS
9. BBQ
12. DESTINATION
13. STEWARDESS
15. MEMORIES

Down:

1. COUNTRYSIDE
3. CAMPING
4. M
5. DIVING
6. SIGHTSEEING
10. SUNSCREEN
11. LIFEGUARD
14. SOUVENIRS

Maze #1

Maze #2

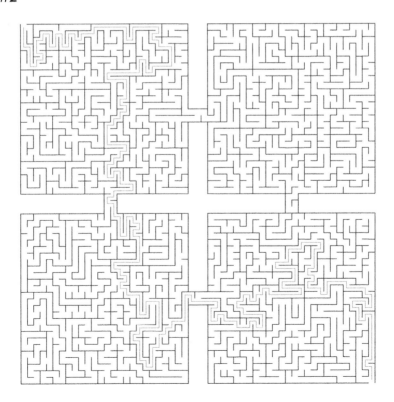

Maze #3

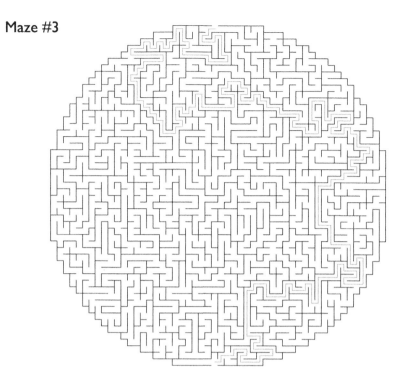

Maze #4

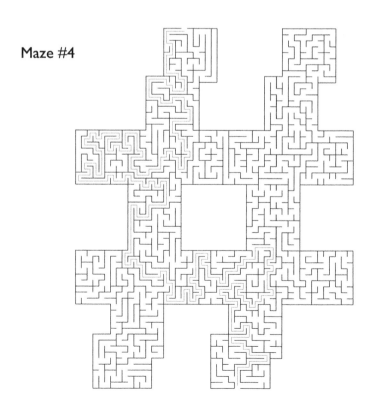

Maze #5

Maze #6

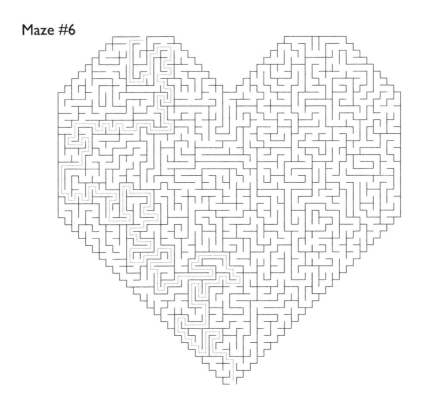

Maze #7

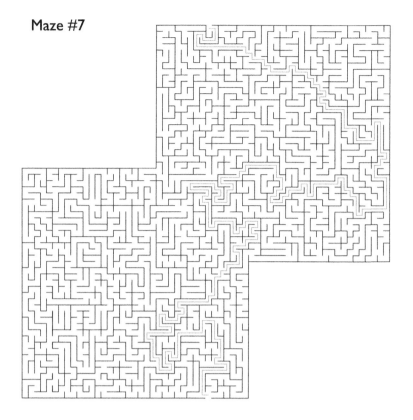

Maze #8

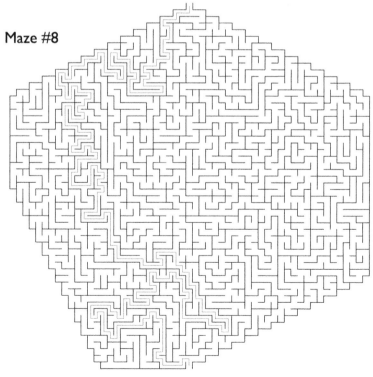

Maze #9

Maze #10

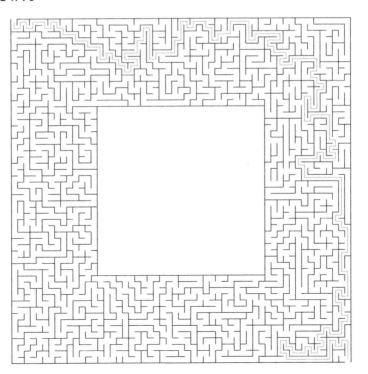

Maze #11

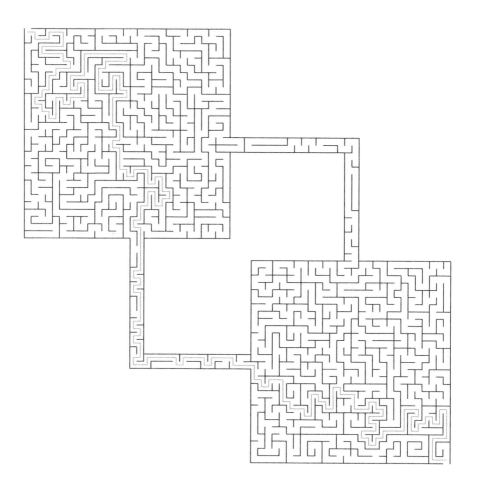

Logic puzzle #1

	pet's name	what animal?	what are they doing?
Mary	Dexter	cat	going for walks
Tyler	Biscuit	bird	audiobooks
Olivia	Turbo	tortoise	chilling
Nathan	Coco	dog	playing

Logic puzzle #2

	clothing item	color	costs
Logan	hat	green	$3
Chloe	skirt	purple	$5
Ethan	pants	orange	$4
Leah	T-shirt	grey	$2,50

Logic puzzle #3

	last name	city	hobby
Samuel	Miller	Houston	reading
Lily	Carter	Glasgow	gaming
Ella	Flores	Philadelphia	hockey
Will	Jones	Manchester	painting

Logic puzzle #4

	age	favorite app	hours / day
Mia	12 years	Youtube	1.5 hours
Lucas	15 years	TikTok	2 hours
Emma	14 years	Candy Crush	0.45 hours
Aiden	13 years	Spotify	3 hours

Logic puzzle #5

	species	favorite subject	grade
Scarlett	werewolf	Potions	6th
James	shapeshifter	Herbalism	3rd
Daniel	siren	Spells & Charms	5th
Zoe	witch	Astronomy	1st

Word search #1

```
E E L E C E U E E R M X T L N C E T C
C S G E C N E S Y L G X E C L I P S E I
E T A U L A M C I T C P S T A W T Y T T
H O U L L A R T N R N W E L E L I E A I
S S S E N S S E L T H G I E W O S X N R
A E E T A T U A N O R T S A L I R A E T
L O N L E E G I R A G E R A T I I I E T
E A C E X N T S H Y G R L X I W L R T Y
A N L E T L A T P L R I T A X A L T E E
S C A L R A E L T O R U E W E W T C O C
T E L T A L E R P X N S C P E T T X N R
T E S N G A S E A O Q E X R R T L T E E
A S G E A C I I O E X E W S E M E I C E
R N H C L T P O E R E E I E A M E E P T
E G A L A X Y C L T A G S R E E T I C X
T I A E C R S R X R O I Y U C G U G T N
Y A C E T L S S L I L A I T S E L E C P
E T M T I Y I I N T E R G A L A C T I C
O L M E C T E L E R R C E S L C O Y E C
L L C I O I L T O R A A R N O E I R G L
```

Word search #2

```
            U I O C E E A E H
          C P S L E G E T S I H R I
        I C C E E I H K U K S O P S I
      T F E V C S S R D I S M O T M F S
      M G L A A T H I N T F U N F N R C L
    T F A N H C D E G D I T S S A P M O C O
    E C O S C A C V C C D G H F L T S D I S
  H S E A H S M L K E O F R W N N P A T S S A
  C K C N A S P D T O N I N S E C T S M T E I
  M P N O A T F D R M R T D T T N N F E P I S
  L O H H T L I S F U G S U E K W I L T E L D
  F S D R H M R S C E H I M R E O N A N M E S
    L R E N E D M T T S F L E R C P E D
        I E O A F L R A
        F A C I H A I I
        H E I N W S N E
        E W V I I H D I
        I E E C L L L E
        D H M C D I D P A
        L R O N E L G N C N
        O N S T I I H I I A
        T T E T E F T T T
          F S N T E N O S
```

Word search #3

```
                  L N D
                O E O B C F A F S
              F A S E A B O U S P T R H
            F B S G D E N T M A H B M L B D B
          E R P U D B H S B A R J B S B M A R O
        L E L D R H S L R P U R D E S R O L I A L
        A U L A F L O E E A G L G E A A E B L B F
      D R L W S B L L R T N O R F N A E C O L A W U
      A N R C B O L T W I T O D R B S S I E R G L L
    L E G N J E A C D B D S O E L L N H A S B T A Y E
    A O E W E E R P L R D O C T L S O N D S G B S B L
    R S E L T R D O P L W A F A N S R L B R O M L S J
  A O O W B T O F P E T A F H A F B O R W E E L R O L S
  L E C W E I S S S F E A B E L L E D I H O I N L A A S
  T T L I H B A A I L P T P H A A A D P I L S L O F R T
  F D B D N S R C S R O C R C A L S I E A J U N N S
  L L A P P D E L D D S L A E A B E N S A C C U S O
  J E E E R N A E B N P A D D L E B O A T L L L B A
  M M L U L R D L B A U D C C S B T T C R E E U
  I B P B O O D A A E S E A G U L L L H E D L A
  T I O E L L A T T D E N A O W N B C L B N
  L J E L L Y F I S H J B L A I F L M D U D
  T N E E D I I L L T S T A D A S E F R
  A O O N G Y S R Y Y F R N E R B I
  E L L L O N D I U O N D U
  T A B H A D C E O
  G S C
```

Word search #4

```
                W A A E
              D I A M R E M U S B
            E A S L B W C L L I C R
          H R I O A H L I W A O E L I
        N M S R S L R I I B E R O D K O
        M S A I E R W K F H S R E B M Z
      A P K L W W I S U I C C E E M A O C
      S E I E I B M O Z B Z M B M W I T I
      O S N A K   E W A O I U   E M O H R
      K E W C           I M R S     C E L C
      A A               I E I H       C O F
      H W L   U         H T A R     C   R M
      N R K R U A H I H C C K C E A B O
      A A E C C H U P A C A B R A O T B
      M R C Z A N S       F O L C C D
        H C L I R       U H C H I
          B O B O U I I C
          D A N I U C K T L W
          S T L H Z M I W S K
        M R   F D R W B N   B
        I B F R       A U C
        H W R W I A E R W A
        I A B C R D S
        S W K I
```

Word search #5

```
                    B A K
                  S E O A K I C O G
                E S M L K C T W D W C T N
            T E S S T R A K C O U I M K T O T
            U R B T C I T K P M K O C T M N E D B
          T N E M N G I S S A O A H E U O C O K D T
          A K T A B N E E N C T U D H B S S O B T S
        K B R A P T A C E N K R E A R S A K E I U O M
        A P A T B A O S S N C O N E S C S S E S C P
      C H K T A K R B M C O A E O T O W K E D U K N S U
      N C E M S H K T T K I H E G C B A S D R E H B R E
      T H A E A S S N E R C T E S L K B B U O S E O R P
    R A O I G T D K T U O P S A A H S U A T E O H B A L L
    K I P U T C H S S K W A S C M O P S O I O E T S H C T
    U O C S C M A H U M E H K W O E E G L N O N S K S S D
      A T W C W S A B O M B E O T H H N C N D U A T T S
      B C N C D G T O L O E S M T L T T B M E S T M B T
      U M T E E E N S A H O S C T O O R A R N D E A D T
        C C M C C E R C A P E C R U K T T M I K I A E
        M T N L K D S S N K C T R C O B P E T K R O S
          R B M T U O S B T C U A N O T A T M H H T
          B E C O T M E T C O E G C B O E S T B O A
          A K S S A E A M O T N N E N H E A E C
            G N B O R C K D N R T T A C I N N
              I I A T M K M A C O T T T
                N B O B A R K N N
                    S K R
```

Word search #6

```
                        D R A
                  C L R O N G U U E
                M R E O E O G C T R S E R
              O A T E C D H E L O S O B L R E E
              R U D E E N T H U S I A S T I C A P H
          C S A A R L A R M E D E E I H S C G D V D
          D H Q U E O E R A S C S N D A N O A I R E
        E N A A A O       S C R A C       A R O B P E
        S S T A R D       E H P L H       H O D R E A
      C D S S D H M R R A I T S S A S D A T A E O S U S
      U D U E E A P E R H M H R I N M E E P R A D A O E
      U M O O U S L U D E E O C I T A S I S E E N B S A
    E U A V C E A D M T E D E A D E S C E S I L E D D E L
    I P S R M T E R P E E N U D D D E M B A R R A S S E D
    E D A E D R D E I R E H A O R L A R S I S I P T N R D
    E D N S       S P E C R R R A R R S V I T G   N R M S
    B N S S       D N T M U D E P P D A S A       I M U A
    R E D T R       V E E E A U A H R E N       E D G A S
      L O S A N                           R S T G M
      O S T D R S                         O D I D A R
      S E T A N O I S S A P M O C U R I R A A E
      S D A D T P H E A E C M R R C U A A B I U
      S R H M C R P I M L T S T T R M E R E
      M S D P M N E I C A B C O G M R C
      C D E L I G H T E D S R S
        M C R S N U U D N
            T A U
```

Word search #7

```
D E S T I N A T I O N M C E A M O I U I
H S S R S S A T U U Y S D T O S Y M W S
T P W S G N S E U L O T E S U I T E L A
R I T T A M I H I T D A P I L A M I S I
O C O Y A X A N W N N U I O I S X E T I
D T O T R E D T O U R I S T L M W H U I
I U I N A I P I R N N N S T E O I T I M
A R T D U T T N N U X G A P T T R D I T
M E Y T U A T C C E E I I M S S U I P T
U S M T X X I O U W S E D U O U I E U I
I U T A A I R I C N L M L S P C U U W E
L T L I Y I I T O P S P U E T S M S I U
O E A I L T O U C D X I N U L U H A I T
R N I P N O I E T T T D G M C Y L T S I
T L E T S O H T H C D A T S D A T I A S
I D M A H I Y C A T T N U X W A D T S
S X E O Y S C S U E S I L W E H X R S U
U O H I P O E E D T A O T N S G E T L A
U I I T N I M X A P S N L T U I U U D U
N S H X H S I I S I S T W U E H T I N A
```

Word search #8

```
                        Y
                      R C H
                      E U
                      A P
      W T A U E     G U     N A O M G O T
    G E O L S L A H R A N E C A E R A U A K
    B S L S K H R T C R E R O T A A A D N N
M P N L E A W A E M A N G A H P E F O E L H A
F T P A A K O U T P U A N Y E P C W R Y E E L
A A E M E G R R D O L A F F U E E S A H C O R
B E N H C I C E I R R P R E R P G E P U G S K
I H Y S E L O E M G L U Y R E P A U A C A D O
E E A R M L U U E G I O M W A E Y S I O O G M
E U A A R O E M U T G L A E S R Y A R U A A U
E B S M P E O G S E O L Y E E O C S G S R K E
T P E R M P B A U E P R O A S N O H E Y H A
P C C R G O I K E O O A N A S U N F C E R A
N A Y E R A M C A R T N E B U O L R S O H
U C H E E S E C A K E A R T M S Y I P D
  O H O S A P C A L L I T S E E C O R C
  M A H S C N N G M B S C O P H N E E
    P T K P S E S T B E O E P S S T A
    E C K P S             E E E O P
```

Word search #9

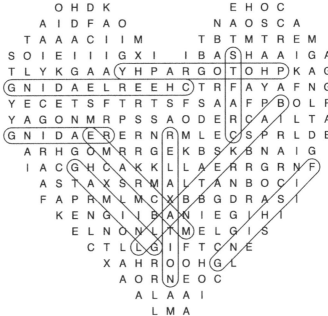

```
        O H D K              E H O C
      A I D F A O          N A O S C A
    T A A A C I   I M      T B T M T R E M
  S O I E I I   I G X I      I B A S H A A I G A
  T L Y K G A A Y H P A R G O T O H P K A G
  G N I D A E L R E E H C T R F A Y A F N G
  Y E C E T S F T R T S F S A A F P B O L P
  Y A G O N M R P S S A O D E R C A   L T A
  G N I D A E R E R N R M L E C S P R L D B
    A R H G O M R R G E K B S K B N A I G
    I A C G H C A K K L L A E R R G R N F
      A S T A X S R M A L T A N B O C I
      F A P R M L M C X B B G D R A S I
        K E N G I   B A N I E G I H I
          E L N O N L T M E L G I S
            C T L L G I F T C N E
              X A H R O O H G L
            A O R N E O C
              A L A A I
                L M A
                  F
```

Word search #10

```
      F D E
      N N A R N H N N E I
      O A T D A U G S N O L N A A F
      A L I L L N O N A G S O R E C J Y R L
      I N E L N G N G N E E O E D M L A A H
      Y I A I A A L W L W E R P D A A E I U
      S F S A U R D L I R R E D S A M C G A
      P M A S U Y E R O P L M N N A Y Y T Y
      N A I G N H S D O N I A E I N E B A P
      I L J E C Z H G S J R C B N I A G W R
      N N N Y N H N S W I T Z E R L A N D A
      I L E I       S H A M A N A P R A A
      C S                   R S O A U
      A A
      R T
      A R
      G U
      U R
      A N
      E N
      E A
      E I
      N B
    N S R O S J O L R E U
    O U L E S Y E S N A M G A
    R D O H S A A A A A S E Y R B H
```

Word search #11

```
                    M
                  S A T
                  A E N
                N L G A K
                S D G M U
            L W P P L A I
            T O E R A W K
        M R R S R M S G K
        A T D S H O N A S
      L L U F E A H N A L
      H P E I A H E T S S I
    O M U E S W N O M L A S L
    N E D D H A I S T W W E S
  I G K H H K D I L A M W A S A
  O L S E E K N O T K N A L P N
E H S I F R E L G N A W L K A A R
E E A N U H L D E A A L R R T S E
N K H T R E K O H I S E A U O W N W R
R R A H A K F E R W H D L S E O I A N
L R E D I S N A E O E L O N E K A R K A W
S H S K S E L A H W F A R K H N I I H O A
A A S K R K L N A M D F E E T O D N T N S N D
```

Word search #12

```
                    I P N
                  G R E C K E L A K
                L B E S E K B D R E G J D
              G S L H T C E L S N E A N O W A N
            G C A J R E K A E R B D N I W T K W S
          S K E R E S U N G L A S S E S B S S E A B
          J S I E N S G K K E T J N L H H O G W I G
        C S E T S G     S R R S A     K G H E J R
        S S W G P C     O P S A S     H R E A S G
      E B E N I G S E B E T N P U A S C C S E E A E B E
      K A N L A A E I C R B S S G S S T N S R O D S G A
      R C S C N P B S N S K C K R P O E E J S J S G A S
    G L K K G R A B D R A E B G R S A G L E G G I N G S D
    A A P T E D S C A E E A K S N K B B E R A H A H B I E
    T R A W N K E A I C B I E A E I D O O H S E E L K E L
    W C E A     S B A C K S O R A A A B O R I     A R E O
    I K G O     I S N P C S E O N K R L G     U A S B
    A N E G E   C N G A A B A A I N E     G R R B S
    C N S G A                     E I E B S
    A T N S N J                 S S G R B K
      R A S C G E W G R C G G N E T O L G R S A
      S R K S E N S N D G N E T B E E O E B E E
      S S B E S K I D N N C G J D J K H G E
      C N P W D I R S K A S S I E R H E
      G E A A E I N O N S T L A
      S S N H G W C A D
      S E P
```

Word search #13

```
I A S E I I M U R A V Y E L H A R T E E
G I A S L E C E T T R E E C R A L O I N
A O L E M N T P A I L C I D E E E A R V
T M A D R E Y T O O Y D L L E O R C C N
E T T R L H N S S L M E U E N I U T O E
A E N E R U T N E V D A S H E M Y R N M
C A O E H S O E R U U T C H T I T U T N
R E G U Y C T R M U L T I P L A Y E R M
M C O E L I T E U I E R T O H R R S O L
E M C Y D T E O E E S C T E N H U T L E
P T O N T U A T T R I O G T T N T R L C
R C O O C T T E E R M M E E M N A E E I
C E E N E R Y O C I U G R S U I N A R T
T N H D A I U T M E L R N D M O R M O E
R L G T A R R E C S A E A A T O N I E N
L D A R C E L E L A T M M E H E I N S M
T I R I O O E L T R I A P H R A M G E E
R T E N U O C L V O O G E I H O E D L M
N Y L S E A I T E M N M A H A G T T S G
E T S A O N N L E O R T A A C E S E V M
```

Word search #14

```
          H G D
        E C R N I T O A N
      R M P O N A T Y M I T A E
    D S U O I P C N S M R N C L N Y T
  M O S C M R T R I I I R A M U A R K I
A Y A D A T I D N C N A U N T L C E A E A
I Y K P R N O S A A E E M I P N C O C S M
L O R F I C A O S O C A O M N S E E R T E E C
D A F T E R T O T C Y O O E A M G D M C N I N
R H Y F M A G U R C H A G E D R T E A T U O A A E
E A C O S U N P I R C Y R D U I E O Y T D C S L C
I F Y U U D S A Y R M C S S P D K R G R T A O U U
U H M T A T C O I R K S O F U M E N D N R I P I D A E
N N C Y R D R N A E R E A T S G S N S E R A E S Y I S
S E G A N P E S P U C S Y T R S A R R P C R P S Y C R
  S C S S R Y E C L S C R A H I Y A O U E A E H I R
  K R R O A S L C A T F Y N O I D U T S A R N R Y A
  O E Y E T A T T O I R T C O N R S U H C L H Y U O
  G A O T U E N L I A Y O O E C T R R R N I N O
  I Y E R R R M O H C T A K C C T O P I A I N S
  O C S E I T H F R S R T S M T R R N O E T
  Y S O N M D R U T R A A I C C K G R C T T
    S G E I C T Y E Y D T E N I O O O T O
    G A R U C O A C T R E S S L D G A
      C U N S S S I P G S N I O
      S S A D S L R A T
        F E M
```

Word scramble #1

STBWNAOA	B O T S W A N A
LHNAATDI	T H A I L A N D
TAARQ	Q A T A R
CAOMIOBD	C O M B O D I A
YOARWN	N O R W A Y
YMLSIAAA	M A L A Y S I A
CAEUDOR	E C U A D O R
ADACAN	C A N A D A
ORAGTPLU	P O R T U G A L

Word scramble #2

OOAADVC	A V O C A D O
UIRBTOR	B U R R I T O
URCEUBCM	C U C U M B E R
DEENMOAL	L E M O N A D E
MWNEEOTLAR	W A T E R M E L O N
SOONDEL	N O O D L E S
ERCFNH RFEIS	F R E N C H F R I E S
ATKSE	S T E A K

Word scramble #3

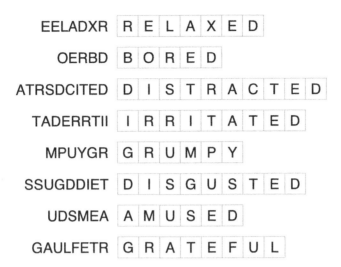

EELADXR   R E L A X E D

OERBD   B O R E D

ATRSDCITED   D I S T R A C T E D

TADERRTII   I R R I T A T E D

MPUYGR   G R U M P Y

SSUGDDIET   D I S G U S T E D

UDSMEA   A M U S E D

GAULFETR   G R A T E F U L

Word scramble #4

ODAR RTPI   R O A D   T R I P

AAERCM   C A M E R A

EMHTE KRPA   T H E M E   P A R K

FHTGLI   F L I G H T

NAPLE TICKTE   P L A N E   T I C K E T

PSARPTSO   P A S S P O R T

ONTLANAI KARP   N A T I O N A L   P A R K

Word scramble #5

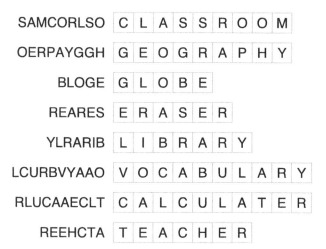

SAMCORLSO	C	L	A	S	S	R	O	O	M
OERPAYGGH	G	E	O	G	R	A	P	H	Y
BLOGE	G	L	O	B	E				
REARES	E	R	A	S	E	R			
YLRARIB	L	I	B	R	A	R	Y		
LCURBVYAAO	V	O	C	A	B	U	L	A	R	Y
RLUCAAECLT	C	A	L	C	U	L	A	T	E	R
REEHCTA	T	E	A	C	H	E	R		

Word scramble #6

ETIY	Y	E	T	I			
TINTA	T	I	T	A	N		
NSRIE	S	I	R	E	N		
GNCAIAIM	M	A	G	I	C	I	A	N
EVMRIAP	V	A	M	P	I	R	E	
ENGMO	G	N	O	M	E			
ODARGN	D	R	A	G	O	N		
YLCCOSP	C	Y	C	L	O	P	S	

Word scramble #7

IINIKB B I K I N I

OTCSA C O A S T

UFAGILERD L I F E G U A R D

ECANO O C E A N

LALESESH S E A S H E L L

IVOCTAAN V A C A T I O N

EACBH OTEWL B E A C H   T O W E L

TEID LOPO T I D E   P O O L

Word scramble #8

RYSBSOOCD AGB C R O S S B O D Y   B A G

NYREDT T R E N D Y

LLNNELAF TIRHS F L A N N E L L   S H I R T

EOMBRB AKJTCE B O M B E R   J A C K E T

RCOP OPT C R O P   T O P

INSKYN ESJAN S K I N N Y   J E A N S

ESALALBB IRTSH B A S E B A L L   S H I R T

HHIG EHSLE H I G H   H E E L S

Word scramble #9

IHTEW KHASR — W H I T E   S H A R K

ASOEFLRO — S E A F L O O R

SOBRTLE — L O B S T E R

AITLNTAC — A T L A N T I C

SAE EMCCBURU — S E A   C U C U M B E R

USTOPCO — O C T O P U S

RSSTAHFI — S T A R F I S H

ASROCL — C O R A L S

Word scramble #10

DBORA SGMEA — B O A R D   G A M E S

IDGCANN — D A N C I N G

BNOWGIL — B O W L I N G

NAIITPGN — P A I N T I N G

EIAMNC — C I N E M A

AYOG — Y O G A

HCEYOK — H O C K E Y

NLTUEERVO RKOW — V O L U N T E E R   W O R K

Word scramble #11

CAAPCBKK | B A C K P A C K

AARVNCA | C A R A V A N

AKHMMCO | H A M M O C K

CMAP RHCAI | C A M P C H A I R

GUB YSRPA | B U G S P R A Y

PNSIEEGL AGB | S L E E P I N G B A G

GRPUNDOMAC | C A M P G R O U N D

TANIMONU | M O U N T A I N

Number pyramid #1

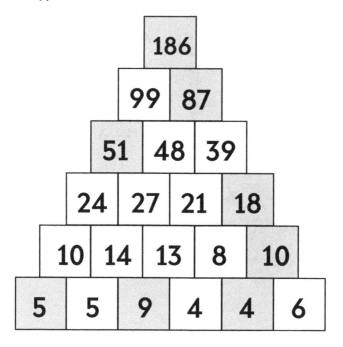

Number pyramid #2

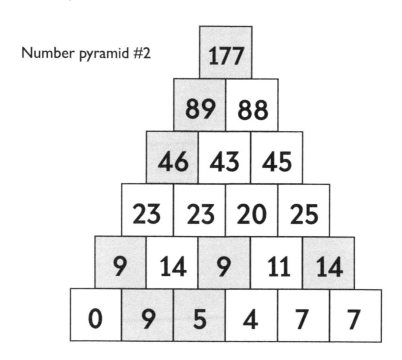

Number pyramid #3

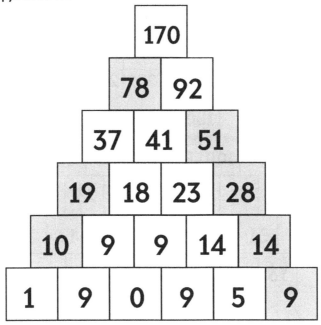

Number pyramid #4

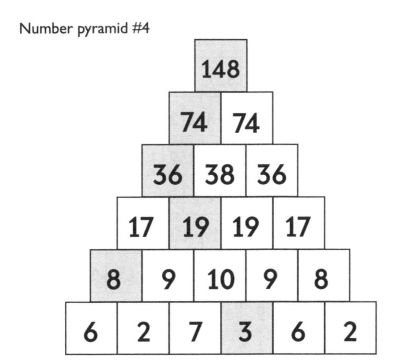

Number pyramid #5

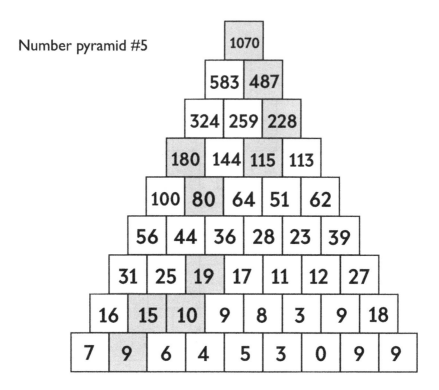

Number pyramid #6

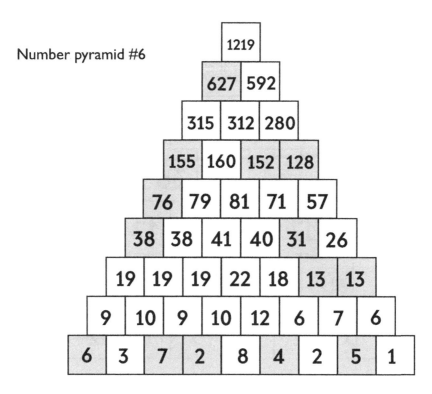

Number pyramid #7

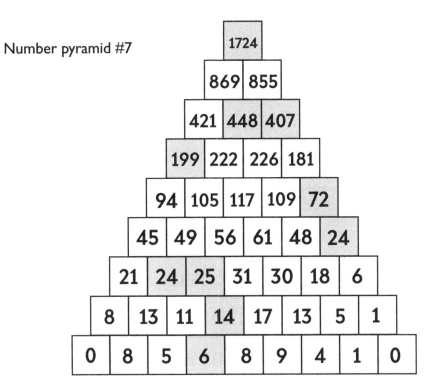

Number pyramid #8

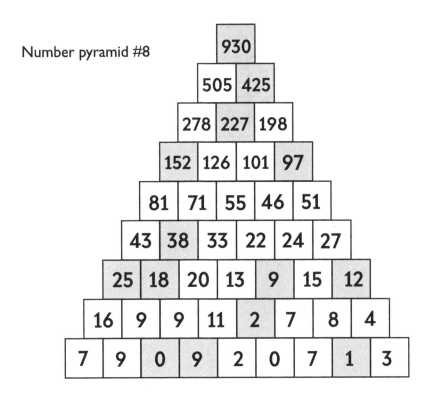

Number pyramid #9

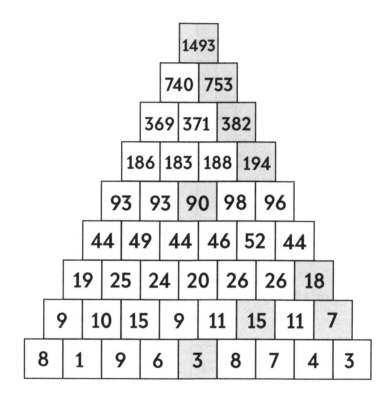

Made in the USA
Las Vegas, NV
21 June 2023